Cathy
MENTRÉ

ISBN-978-2-211-08786-5

Loi numéro 49 956 du 16 juillet 1949 sur les publications
destinées à la jeunesse : mars 2007
Dépôt légal : juin 2007
Imprimé en France par Mame imprimeurs à Tours

Stephanie Blake

Donner c'est donner

l'école des loisirs
11, rue de Sèvres, Paris 6e

Aujourd'hui,
Simon va jouer
chez Ferdinand.
Il apporte ses trois voitures,
la
jaune,
la
bleue
et la
verte.

Simon et Ferdinand
construisent un
grand
circuit.
«J'aimerais trop avoir une voiture
rouge»,
dit Simon,
«**le rouge,**
c'est ma couleur préférée.»
«Moi, j'ai une
voiture rouge,
je peux te l'échanger»,
dit Ferdinand.

« Non, ta voiture est en plastoc.
Je veux une voiture
rouge en fer,
c'est plus costaud
que ton plastoc », dit Simon.
« Tu plaisantes ? Elle est
extraordinaire,
ma voiture
rouge !
Si tu veux, je te l'échange
contre ta voiture
verte »,
dit Ferdinand.

« Bof, elle a l'air en toc,
ta voiture en plastique »,
dit Simon.
« Tu m'énerves ! Ma voiture
rouge
n'est pas en toc. Et puis, de toute façon,
j'ai plus envie de l'échanger. »
« Pourquoi ? » demande Simon.
« Parce que c'est une voiture
extraordinaire,
qui coûte très cher,
beaucoup plus cher que ta voiture
verte »,
dit Ferdinand.

«Alors je t'échange
trois voitures, ma
jaune,
ma
bleue
et ma
verte,
contre ta
rouge»,
dit Simon.
«Oui, mais si je t'échange ma voiture
rouge extraordinaire
contre les tiennes, je n'en aurai plus de
rouge»,
dit Ferdinand.
«Peut-être, mais tu en auras trois :
une jaune, une bleue
et une verte», dit Simon.

« D'accord », dit Ferdinand.
Simon lui donne sa voiture
jaune,
sa voiture
bleue
et sa voiture
verte
et Ferdinand donne sa voiture
rouge
extraordinaire
à Simon.
« Donner c'est donner,
reprendre c'est voler »,
dit Ferdinand.
« Donner c'est donner,
reprendre c'est voler »,
répète Simon.

**Simon rentre chez lui
avec sa nouvelle voiture.
Il la montre à son petit frère.
«Tlo moche», dit Gaspard.
«Pourquoi ?» demande Simon.
«Masqueu», répond Gaspard.
«Tu n'y connais rien, bébé cadum»,
dit Simon.
«C'est une voiture**

rouge
extraordinaire.»

Mais
lorsque
Simon
fait rouler sa voiture

rouge
extraordinaire,

Crac !

Elle se casse en deux.

Simon pense à son pacte
avec Ferdinand
et il repense aussi
à toutes les fois où Ferdinand
lui a fait des farces,
lui a menti,
et s'est moqué de lui.
Et
tout à coup,
il a une idée…
Une idée
terriblement,
horriblement
géniale !
Et hop, il file chez Ferdinand…

« Dis donc, elle est
vraiment
extraordinaire
ma voiture
rouge », dit Simon. « T'es bien sûr que tu
ne veux pas la reprendre ? »
« Pas question », répond Ferdinand. « Donner
c'est donner. »
« Tu en es certain ? » dit Simon.
« Oui », dit Ferdinand.
« Tu veux dire que je ne serai
jamais
obligé de te la rendre ? »
« Jamais », dit Ferdinand.
« Ah bon. Alors je garde ce que t'as laissé
dedans »,
dit Simon.

« Quoi ? J'ai laissé quelque chose dedans ?
C'est quoi ? »
s'inquiète Ferdinand.
« C'est rien. Donner c'est donner,
reprendre c'est voler », dit Simon.
« Mais t'es malade, c'est
à **moi !** »
crie Ferdinand.
« Ben ça va, calme-toi,
t'as qu'à me rapporter ma voiture
jaune,
ma voiture
bleue
et ma voiture
verte,
et je te rendrai la
rouge »,
dit Simon.

Ferdinand
rapporte la voiture
jaune,
la voiture
bleue
et la voiture
verte
à Simon.

Et
il se précipite
sur sa petite voiture
rouge.
Il
enfonce
un doigt dedans
pour voir
quel trésor
il a bien pu oublier…
C'est rond
comme une bille
et c'est tout mou…

«Beurk !
une
énorme
crotte
de
nez !»